내 마음 속의 앨범

내 마음 속의 앨범

© 2023 노용학

초판인쇄 | 2023년 5월 10일
초판발행 | 2023년 5월 18일

지 은 이 | 노용학
편   집 | 조훈아 · 이현경

펴 낸 곳 | 도서출판 작가마을
등   록 | 제 2002-000012호
주   소 | 부산광역시 중구 대청로 141번길 15-1 대륙빌딩 301호
         T. 051)248-4145, 2598   F. 051)248-0723   E. seepoet@hanmail.net

ISBN 979-11-5606-220-2   03810   정가 10,000원

내 마음 속의 앨범

노용학 시집

도서출판
작가마을

어린 시절 나는 행복했습니다.

내 곁에는 언제나 엄마가 있었으니까요.

어쩌면 지금도 나는 행복합니다.

오랫동안 여러 병을 앓고는 있지만

내가 낫기만 한다면 뭐든지 다 하셨던 엄마, 비록 낫지

않는다 해도 충분히 감사하다는 엄마가 계시니까요.

나의 전부는 엄마입니다.

한편으로는 너무나 죄송합니다.

나는 아직도 병원 약을 먹어야 하고 갑자기 의식을 잃

기도 합니다.

나의 치료를 위해 약값을 위해 허리 디스크가 심한 엄

마지만 수술을 미루면서까지 직장에 다니고 계십니다.

엄마가 일하러 가시고 돌아올 때까지 심심하기도, 불안하기도 하여 긁적거려 본 독백 또는 낙서라고 생각했는데 이것이 진짜 시라고 치켜세워주시고 격려해 주시고 용기를 주신 백미늠 시인님과 정토원 등명스님께 깊은 감사를 드립니다.

고단한 생활 속에서도 시집을 즐겨 읽으시는 문학소녀, 나의 어머니에게 부족하고 부끄러운 이 시집을 바칩니다.

- 2023. 새잎 돋아나는 주천강에서

노용학

차례

2부 · 혼자만의 사랑

3부 · 아름다운 필연

4부 · 당신의 하늘 아래

　　따뜻한 희망으로 걸어가는 눈물
　_ 백미늠(시인)

내 마음속의 앨범

노용학

제1부

당신의 품 안에서

만리길

멀리 만 리로 떠나가는 님
님 그리워해서인 가
하얀 국화 연필 깃으로 그대 그리메
노을 하늘 저 멀리로 펼쳐지는
님을 위한 만 리 길아
국화 깃은 날아올라 층층 계단을 이루고
하늘까지의 먼 길을 떠나감에도
구름 위 붉은 깃들의 서체에는
공중 가득 그대의 이름만은 남아있다네
행여나 떠나가시는 걸음마다 외로우실까 봐
가시는 걸음걸음마다 쓸쓸하실까 봐
내 손안에 백토를 바람결에 실어
만 리 길에 흩뿌리오니
부디 동행하여 잘 가시옵소서
석양의 끝자락은 서산으로 넘어가지만
국화 깃 새들 별 한가득 입에 물고 날아와
그대를 안내할 터이니
내 님의 이름만큼은
아주 멀리서도 밝게 빛나리라

희비 쌍곡선의 거울

나는 당신을 당신은 나를 바라봅니다
이해할 수 없는 감정의 소용돌이
마치 시간의 거울 속에 있는 것처럼
시간이 거꾸로도 달리는 것만 같을 때는
당신과 내가 마주한 바로 그 순간에
우리는 두 사람이 서로를 바라본 것이 아니라
서로의 등 뒤에 있는 거울을 통해
넷이서 서로들을 바라본 것은 아니었을까요

과거와 미래의 혼재라는
현실과 거울 사이에는
당신과 나만의 비익조들이 날아와
운명이라는 쌍곡선이 그려지고
기쁨과 슬픔으로 혼재되는
서로라는 시간의 연리지 사이에서는
희비의 쌍곡선이 그려지는데

순행하는 시간을 따라가며 채워져 가는 함께 와
역행하는 시간이 따라오며

지워져 버리는 남이라는

당신의 그 이름 하나만으로도 그려지는

선택의 희비 쌍곡선

봄춘 설화

먼동이 틀 무렵 겨울나무에 핀 설화는
아침 햇살 기지개를 켜듯 아름답게도 피었구나

붉은 햇살은 눈 꽃송이들에 닿아
설화의 수려함을 덧대게 하고
계절을 잊은 듯한 겨울 설화의 자태는
마치 춘삼월의 꽃 향으로 가득하네

겨울 나뭇가지 위에 봄 춘 설화
님을 기다리는 내 마음에서도 피어나고
그대 생각으로 불어오는 춘풍에는
봄 눈꽃들 곱게도 흩날리네

따뜻한 봄 날씨처럼
봄기운 가득한 꽃 향은 퍼지고
겨울날 찾아오는 봄 나비 한 마리
하얀 눈꽃 위에 내려앉아 봄을 깨우면
보고 싶은 내 님 찾아오신다네

봄춘 설화가 피어나는 계절
겨울 그리고 봄을 맞이하며

푸른 섬광

온달에 푸른 섬광이 비친다

저 푸르른 달빛의 조각들
환상의 달에서 내려오면
그대와 처음 만난 시간 들로 담긴
투명한 유리병은 푸른 빛을 띠고
빛나는 달빛의 조각들과 함께
어우러지는 유리병 속의 시간들

푸른 조각들은 시간 속을 지나다니며
우리의 시간을 열어주고
아름답기만 했던 그날의 시간들은
다시금 반짝이네

하고 싶었던 말이 많아서인지
못다 했던 말들이 시야를 가리지만
선명하게 느껴지는 그대의 품 안에서
처음처럼 그대와 우리 다시 그때로

푸른 달 섬광이 비치는 어느 날에
그대와의 그 시간들 속에서...

다시, 태어나다

마치, 내가 바다 깊은 곳에 있는 것만 같다
아래로, 아래로, 아래로
홀로의 바다
아무도 없는 심연의 공간 속에서
두려움이라는 것과 무서움이라는 것
숨 쉴 수조차 없다

아무리 소리를 쳐도 그 깊은 울림으로
다시금 메아리치는 고요
그리고 그 끝없는 어둠이 나를 죽게 하는 것
그 순간, 나의 생각의 바다
행복하고 싶었어
행복하고 싶었어
행복하고 싶었어
다만, 행복하고 싶었던
그 기억들에만 매달린 채
죽음의 바다
내가 죽어버린 바닷속

저 멀리서 들려오는 누군가의 목소리와

다시 뛰는 맥박의 탄생 소리

그 아이러니 속에서

당신의 바다

나를 끌어당기는 당신의 따뜻한 손과

나를 깨우는 듯한 당신의 그 은밀한 속삭임이

다시 나를 살게 하는 것

어느덧, 당신의 품 안에서

새롭게 태어남의 바다

이별?

외로운 가로등
인적이 드문 거리
가로등 불빛이 내리는 벤치에
그대와 앉아 있습니다

작별을 말하는 그대를 향해서 선을 그으니
님이었던 그대가 되려 남이 되었네요

떠나가는 그대 그림자 그 끝에 닿아
섦게도 흐르는 눈물들은

어느새 빗방울이 되어 쏟아지고
걸음 곳곳마다 제 마음을 전하니
뒤돌아보지 말고 잘 가시기를 바랍니다

벤치에 덩그러니 혼자 남아
그대의 이름을 불러도 보지만
다시는 부를 수 없는 이름이 되어서는
그렇게 지워져만 갑니다

이별가

그대 떠나간 그 자리에는 이별가
밤이슬 닳도록 불러보지만
님은 가고 괜한 달빛만이 작별을 고하네
닭이 우니 새벽이요
내가 우니 이별이라
해 뜨도록 돌아오지 않을 님을 향한
처량한 외기러기의 이별가

계절 사랑

봄날의 눈꽃봉오리들
하얗게 흩날리며
흘러가는 물결
마디마다 내려앉아
아름다운 꽃들을 피웠건만
님을 기다리는 내 마음은
아직도 엄동설한의 겨울눈이라네

기다림에 지쳐 얼어버린 눈물은
겨울눈가에 맺히고
감는 것도 뜨는 것도 피는 것도 지는 것도
잊을 만큼 오직 내 님 생각뿐인 것을
어찌 그대에게 다 전할 수 있으리오

그대의 마름 달은 밤하늘에 뜨고
가을바람을 탄 옛 기억들까지도
날아드니 사랑옵는 그대 생각
더욱더 간절해지는구려

사랑을 읊조리던 여름의 끝자락
둘만의 노랫가락은 떠나갔지만
보고 싶은 내 마음은 천 리 길
돌아선 그대 마음은 만 리 길
나를 등지고 돌아선 그대 그림자를
향해 읊는 쓸쓸한 이 밤
혼자만의 계절 사랑

귀관 鬼關

사람들 속에서의 고통은
나를 집어삼킨다
나를 밟고 다니는 초리草履가 된 것처럼
많은 사람들의 눈초리는
내게 회초리가 되어
마치 나를 채찍질하는 것만 같다

적막강산에 홀로 있는 내 앞에는 귀관만이 놓여 있고
저승의 문 앞에 선 내게 세상은 잔인할 만큼 무관심
하다
귀관을 열면 어디로 가게 될까
귀관을 통해 사람들의 기억 속에서 완전히 잊혀질 수
있도록
나로 하여금 그들을 도와야지
다른 무언가의 기억들로 채워져 행복하도록
내가 세상에서 없어지면
내가 그리되면 내가 더 그렇게 되면 잊혀지겠지
그리고 얼마나 좋은가
고통이 나를 뱉어 내고

고통스런 내가 벗어나는 길이라는 것이...
나의 적연하기만 한 세상에서
나는 지금 귀관에 손을 뻗는다

나를 집어삼킨 고통도 오지 못할 그곳을 향해
한 걸음 한 걸음 그렇게 걸어 들어가는 것이다
다시는 돌아오지 못할 그곳으로 말이다

강의 만가挽歌

달 밝은 밤에 강가에 홀로 앉아
강물에 비친 나를 바라보고
있노라면 처량하기 그지 없구나

이윽고 강을 비추던 저 달마저도 기울어가는데
소리 없는 짙은 어둠만이 신이 났구나
어쩐 일인지 내 귓가에 잔잔히 들려오는
저 강물의 노래 춥다 춥다 하더니만
따뜻한 물속으로 어서어서 오라 노래하네
아무도 없는 내 신세를 알았던지
나와 함께 동무하자 하네
어찌 노랫소리가 사람도 될까 싶어서
눈 크게 뜨고 바라봤더니만
내게 얼른 오라 손짓도 하는 것이
꼭 사람이네 그려

아름다운 저 강물의 노랫소리
서글픈 내 신세를 알았는지
귀한 쌀밥 내어주고 비단옷도 준다 하니

어찌 이리 좋을 쏘냐

아름다운 저 강물의 노래가 들리는 곳으로
동무야 동무야
내 그리로 어서어서 갈 테니
너는 너는 거기 있으라
가서 가서 너를 만나
나와 함께 강에서 살자꾸나
내 오래오래 살아온 삶에서
이렇게도 대접받는 날이 또 있으랴

동무야 동무야
내 그리로 어서어서 갈 터이니
너는 너는 거기 꼭 있으라
가서 가서 너를 만나
나와 함께 백 년 천 년을 강에서 살자꾸나
동무야 동무야
달 밝은 밤에 너를 만나...

광야의 손톱 달

눈 덮인 광야를 걷는다
내 삶의 발자국을 따라 걷는다
갑작스레 휘몰아치는 눈보라의 설원
무심한 달빛은 흔적조차 감추고
시린 손끝으로만 손톱 달이 그 모습을 드러낸다

가슴 한편으로도 휘몰아치는
그 무언가를 손에 쥐고 손톱 달을 바라보니
달빛 가득 실은 나룻배만이 나를 반기네
가도 가도 끝없는 광야의 길 위에서
멈춰 서서 바라본다

어디쯤인지도 모를 만큼 걸어만 온 이 길 위에서
인생의 시간이 손톱만큼 짧은지도 모르게
걸어만 온 그 길 위에서
눈보라를 거두고 펼쳐진 설경과
아름다운 달빛 나룻배를 그렇게 바라본다

시간은 멈춘 듯이 흘러왔고

승객을 기다렸던 달빛 나룻배에 탄
나는 언제쯤 알게 되었을까?

손에 쥔 그 무언가를 놓아야 할 때가 왔다는 것을
얽힌 실타래를 풀어
이제는 놓아야 한다는 것을
손가락을 하나씩 펼쳐 열 개의 달이 모두 뜨면
이 아름다운 나룻배와도 작별하겠지만
그래도 나는 열 개의 손톱 달이 뜨기만을
그렇게 그렇게도 기다린다
이렇게나 아름다운 달빛 나룻배에서 말이다

시각장애인

어둠뿐인 이곳에서는
고통의 나날들

하늘이 내게 내린 어둠을 감내하며
살아가는 날들이라

한낮의 뜨거운 태양도
내 가슴 속에서만 떠오르는구나

눈을 감으나 뜨나
암흑 같은 이곳에서
볼 수 없는 두 눈에
북받치듯 서러움이 밀려오면

원망遠望 할 수도 없는
세상을 향해 내리는 눈물비

인고의 세월들이
귓전을 울리는 참회의 빗소리에도

천지는 말없이 어둡기만 하고
어둠은 내 삶이 되었다네

날이 갈수록 깊어져만 가는
기나긴 어둠의 세월 속에서

오늘도 시각장애인이라는
이름으로 살아간다

이별!

해질녘 어스름한 저녁놀에는
왔다가 사라지는
우리네들 인생처럼
보일 듯 말 듯 하는 저 별 하나
어디선가 들려오는
그 쓸쓸한 독백을 향해 있는
의자와 함께 놓인
차디찬 유골함 곁에는
나도 앉고 너도 앉았지만
너는 없고 나만이 있구나

너와 내가 가득했던
그 의자에만 남은
너의 흔적들을 보려고
나는 그만 지그시
눈을 감았었나 보다

이제는 전하고 싶어도
더 이상 전할 수조차 없는

따뜻한 너의 온기가
너무나도 그리웠기에
너와 나의 손을 통해
가을 하늘 건들바람을 타고

이토록 드넓은 세상에
흩날리게 됐던가?

해는 점점 저물어가는데
사라져가는 밝음에도
어두운 가을밤은
다시금 밝아오는 그 까닭은
너와 내가 못다 했던
남은 평생의 연戀으로
어둡기만 한 세상을
밝게 비춰주기 때문일 것이다

내 마음속의 앨범

노용학

제2부

혼자만의 사랑

공수처

닿지 않았으면 없었을
공空이
그대 떠나고 난 후
나의 마음은 괜스레
여餘
어느덧,
그대 생각은
내게 공명共鳴이 되고
나를 생각하는 그대에게
나는 여명餘命이 되었다네
나의 수명隨命 다 할 때까지
내 님을 잊지 못하리로다

나의 화살

자기 자신 스스로의
내면을 깊숙이 겨누고 있는 활시위

나는 있는 힘껏 활시위를 당겼지
그 순간 무슨 생각을 했을까
저 멀리 있는 과녁을 바라보며
힘껏 활을 튕긴 내 손가락에서
날아가는 저 화살을 보라
저 화살은 어느새 핏빛 화살이 되어
상대의 마음을 정확하게 명중한 후
자꾸만 자꾸만 나에게로 되돌아 온다
너무나도 빠른 속도로 되돌아서 날아와
나를 크게 명중한 저 화살은
어느덧, 나의 내면으로 깊숙이 파고드는데
아무리 막으려 해도 막을 수가 없는 화살이 되어서는
 내 모든 것을 뚫고도 오히려 더 깊은 곳까지 들어왔
다
 잡아보려 해도 잡히지가 않고
 멈추려 해도 멈춰지지 않는

독화살을 품은 채 견딜 수 없는 그 고통에도

내가 참고 견뎌내는 이유는

어쩌면 저 화살은

그때 내가 당겼었던 화살이기 때문일지도 모르겠다

아마도 그 화살은 후회의 화살이었던가 보다

붉은 장미의 방에서

오, 내가 사랑하는 그대여
하얀 장미는 어느새 붉게 물들고
장미잎은 그대의 입술에 닿아
붉은 석양처럼 번진다
달콤한 입맞춤 끝에는
붉은 장미의 짙은 향기가 나는데도
그대의 눈은
한시도 나를 떠나지 아니하고
나의 마음 또한
그대를 한시도 떠나지 아니하고
그대의 아름다움은
한송이의 장미꽃인가
방안 가득 흩날리며
피로 물든 칼날 같은 장미꽃이 되었네
오, 나를 사랑하는 그대여
하얀 장미는 어느덧 붉게 물들고
붉은 장미잎은 내 안의 병정이 되어
황혼처럼 그대 곁을 지키는데
돌이킬 수 없는 그 끝에서는 어둠이 내려 덮인

촛불만이 타는데도
나의 눈은
한시도 그대를 떠나지 아니하고
그대의 마음 또한
나를 한시도 떠나지 아니하고

나의 마음도
한송이 장미꽃인가
방안 가득 흩날리며
피로 물든 칼날 같은 장미꽃이 되었네
아름다운 그대만의 목소리로
한 번만 더 나의 이름을 불러주오
그대에게 할 말이 남았다네
저 촛불이 다하여
어둠만이 우리를 축복하기 전에는
붉은 장미의 방에서

화경

칠흑 같은 방안
촛대에 촛불이 켜지면
나의 심안에서는
백광만월白光滿月이 뜨고
화경化景은 온통 별세계라네

별들이 행하는 사선을 지그시 바라보다 보면
어느새 밤하늘의 고운 겹별들은
사선으로 내려와
나의 눈 속에 비치고
별들과 과거 사이에서 아름답기만 한 이음새이어라

달보드레한 그 모습 그대로인
당신과 나만의 희맑은 은하수 속에서...

아름다운 화경의 밤
별들의 은하수는 흐르고
별 안에서의 그대는
나의 내면으로 흘러 닿지만

밤하늘의 뭇별들에 그려진
내 마음 아르카나
시대 연서로 서로를 공유하는
별자리 아르카나

별들이 떠 있는 강
별들은 음표로 노래하고
시공의 나룻배에서 그대와 나는 상봉하였건만
그대 앞에 앉은 농아는 바라볼 수밖에 없는 사유로
천추와 만월의 눈을 통해
현학금의 연서를 전하고
나의 앞에 앉은 맹인은 들을 수밖에 없는 사유에
이지러지 달 끄트머리에
현을 걸어 놓은 수금의 연주 소리를 통해서만 전해
받는 마음이라네
깊어가는 미련의 밤
촉화는 타오르고
흔들거리는 불빛에서는 그대를 잊어도 보지만
그리워할 연緣으로 가득한

기억의 흔적들을 촛대 위 촛불에다 얹고서는 태운다네

그대 눈에는 검을 흑 디디고 밟아서 나를 찾을 때까지

이내 몸 재회 되어 사라질 때까지

언젠가는 반드시 필이요

마침내는 그러할 연일지라

아름다운 필연의 강에서

시공의 나룻배로부터

울던 밤

깊은 밤 잠은 안 오고
창가에 기대어 유년 시절 사색에 잠기면
하늘에 떠 있는 시절의 저녁달

어린 고아의 눈으로 바라본 저녁달에는
가족 토끼가 오순도순 방아를 찧고
혼자 남겨진 아이는
작은 손으로 눈물을 닦으며 울던 밤

아빠도 엄마도 없는 하늘 아래
혼자라는 이름표를 달고

아침 점심 저녁 씩씩하게
살아가던 하루 끝에서
물음표와 함께
눈물이 그렁그렁 맺히던

하룻밤 두 밤 세 밤 자면
괜찮아질 거야 하며 울던 밤

용서

나는 죗값을 청산하는 방식을
현실에서 저승에서 환생해서
세 가지가 별개라고 생각한다

현실에서도 받고
저승에 가서도 받고
환생해서도 받는다

사람은 반드시 직접적
또는 간접적으로라도 겪어야 이해한다

상대방의 입장에서 이해하게 된다는 것이 가장 중요
하며
그것은 실제로 어렵다
내가 그 사람이 될 수는 없기 때문이다

마음을 닦는 것
흔히들 마음이 답이라고 한다
마음이 중요한 것인데

왜 현실에서도 죗값을 치르고
저승에 가서도 죗값을 치르고
환생해서도 죗값을 치르는가?
너무 가혹한 벌 아닌가
나도 다른 사람들도 예외는 없는 것
다만 당신이 그 모든 것을 겪고 나면
마음이 답이었어!

상대방을 이해하게 되면
상대방을 마치 자기 자신처럼 느끼게 된다
그것은 용서

인형의 연주

얼음 관 속에 갇힌 인형이 연주하는
죽음의 피아노 연주 소리
손톱 끝으로 흘러 묻어나는 붉은 피는
흥을 더하는데 생사를 가르는
흑백의 건반 앞에서는
자신을 죽이느냐 살리느냐 괴이하고도
창백한 웃음소리만이 들린다

연주 소리는 죽음의 칼날이 되어
인형을 장식하고 가시처럼
손가락 마디마디에 꽂힌다네
피범벅으로 물든 피아노 건반은
죽은 것도 산 것도 아닌 생사 경계의
피로써 물들고 멈출 수도 없는
인형의 잔인한 연주 소리는
밤이 새도록 이어지네

생사의 건반을 두드리는 인형
연주 소리의 박자는 점점 더 빨라지고

어둠이 켜지면 켜질수록 더욱더
커지는 작은 인형들 음표의
기괴한 울음소리와 공포스럽게도 피는
인형의 연주 소리
냉기만이 도는 얼음 관 속에서는 피아노 연주 소리가
들린다

인형의 연주 소리가 애환의 늪처럼 들려오는
얼음관 속에서의 연주의 밤

노부부

멈춰진 낡은 시계는
흔들림조차 없고
시계 소리를 대신하는
긴 침묵만이 흐른다

당신의 초침은
더 이상 숨을 쉬지 않고
노부부의 연이 다했음을 알리는 침묵의 소리

슬픈 사별 속 말 없는 눈물들은
떠나가는 빈자리를 아는 까닭에
한 사람의 눈동자에 맺히고

언제나 다시 만나려나
숭고한 기다림 끝에
두 시계가 같아지는 날
늘그막 인생 나도 함께 따라가리오

부처님의 손바꼭질

닿을 듯 말 듯
마음을 내어줄 듯 말듯

나와 연애라도 하는 것처럼
이곳 산마루에 올라오면
가장 먼저 떠오르는 것은 단연 손이다

봉화산에 올라오면
호미 든 부처님 불상이 있는데
이곳에서 산세 경치를 바라보면
머릿속에서 늘 손이 보인다

느껴진다고 해야 하나
보인다고 해야 하나
아무튼 거대한 큰 손이
세상을 덮는다

이미 여러 번을 느꼈는데
그 느낌이 자유로운 부처들의 세상이요

부처님의 손이다

마치 날 부르듯 손짓하는 것만 같다
부처의 손이 얼마나 큰지 이 세상을
손안에 다 담고도 남을 것처럼 느껴진다

뭐라고 해야 하나 꿈을 꾸는 것 같다
보일 듯 말 듯 보이지가 않고
가까이 있을 것도 같아서
하늘을 바라보니
높고 푸른 하늘만 보인다
그리고 아무것도 없다

들릴 듯 말 듯 들릴 것만 같아서
또다시 하늘을 바라보니
저 높은 하늘을 날아가는
새 한 마리만 보인다
그리고 정말 아무것도 없다

욕심이 없어야 보이는 세상처럼

마음을 비워야 들리는 세상처럼

수줍음이 많은 세상인가 보다

마치 숨바꼭질을 하는 것 같으니 말이다

내 마음 속의 앨범

자신의 인생을 살아가다가
한 번쯤 뒤돌아보면
누군가는 있다

만나고 싶어도 만날 수 없는 사람
그대의 이름은 그리움이자
보고 싶은 사람이었고
이제는 내게서
잊혀져가는 사람이다

더 이상은 그립 지도
보고 싶지도 않은 듯
당신의 삶에서 만나지는
않는다 하여도
어쩌면 현실에서 만날 수가
없다 해도 당신에게서
잊혀진다는 것은
몸이 아닌 마음으로
우리는 그렇게

서로를 잊을 만큼 지겹도록
만났었기 때문인가 보다

까마득히 잊고 있었던
앨범 저편으로부터
가끔씩 꺼내 보는
사진 속의 옛 추억처럼
이제는 그리움이라는
이름을 대신하여
살며시 날 웃음 짓게
만드는 그 무언가는

내 마음 속의 앨범
저편 어딘가로부터

외눈 광대

어름 살판 하늘 아래
천애 고아로 태어나
삐뚤어진 시선 외눈박이

외줄에 박힌 채로 어둡기만 한
한恨의 세상은
어느 시야에서 밝아오는 가
외줄 따라 날 때부터 천한 팔자요
역마驛馬 타고 떠도는 것은
양반 놀음일세

초행길에 들어서서는
내가 놀음바치 될 줄 누가 알았겠는가?
무명의 서러움으로 광대라는
명패를 받아
벼슬아치 탈을 쓰고 돌아다니며
가는 곳마다 대접받으니
이 어찌 역마驛馬 탄
양반 아니라고 할 수 있겠는가?

〉

놓이나 하고 사니 배부르고
등 따시고
아. 진수성찬 세상일세

외줄에 올라 운로雲路까지 가니
부채질로 시중까지 받는
내가 진짜 양반이로구나!

얼씨구나 좋다! 지화자 좋자!
태생에 박힌 외눈박이
한恨의 세상 일랑은
어름산이 어름으로 모두 날려버리려

양반 어른 외줄 타러 올라가니
어서어서 남사당패로 모여
한恨바탕 신나게 놀아보세!!

아르케 Arche

무한의 진공 상태다
아무것도 없기 때문에
내가 존재한다
"나"

나는 내가 정확히 누군지도 모른다
왜냐면 내가 너무 많기 때문이다
헤아릴 수도 없는 나의 상태 속에서
더 이상 나는 존재하지 않는다
나는 존재하지 않지만
나는 존재해야만 한다
내가 존재하지 않게 되어도
나는 존재한다
그러니 나는 생각한다
존재하고 있기 때문이다

제3부

아름다운 필연

하늘의 심판

봄이 오기 전에도 봄을 느끼고
여름이 오기 전에도 여름을 느끼듯이
아직 여름임에도 가을을 느끼고
가을이 끝나지 않았음에도
겨울을 느낀다
정확히 언제부터인지
시작이 언제인지
끝이 언제인지는 몰라도
벌써 세상이 끝나고 있는
과정일 수도 있다
뚜렷한 날짜가 있을 것이라
생각하나 지금도 세상은
끝나고 있는 상태일 수도 있다
다만 우리들이 모를 뿐이다
세상의 시작과 끝의
그 경계 어디쯤에서
우리들은 그것을
하늘의 심판이라 부른다

청백마패 清白馬牌

구슬픈 가락은
명주 수건 위에서 노니는데
청산에 백학이여
입가에 명주를 물고
어딜 그리도 멀리 날아가는가
나라님들 진수성찬에는
명주名酒라는 향이 그득한데도
연회장에 모인 오리汚吏들에게서는
오히려 썩은 내가 진동을 한다네

명주名士를 향한 청정의 날갯짓으로
백학이 떨어트린 청백리의 명주明珠여!!
그 청정함마저도
오리汚吏들의 뱃속으로 들어가는구나
천지는 갈수록 혼탁해지고
세상은 갈수록 명주溟州같음이라
사방팔방을 둘러도 보지만
네 방위에 길이 없음을

가엾은 백성들은

어느 명주名主에게 하소연하여야 할꼬

연

나도 잊을 테니
너도 잊으리라

나도 지울 테니
너도 지우리라

다가서지 못한 마음
가슴 속 깊이 쌓이고 쌓여
어느 날 어느 때
내 마음을 도려내는 것 같았으나

나도 잊을 테니
너도 잊으리라

나도 놓을 테니
너도 놓으리라

켜켜이 쌓인 마음
모두 다 날려버리고

행복이
행복이
그리 그리 살아가세

환생

그대보다 그대가 먼저 다가온다
낯설다는 표현이
낯설게만 느껴지는 그대 모습
꿈처럼 다가오는 꿈속에서 만났던가

어렴풋하게 떠오르는
아련한 기억들 너머에서
그대와 나는 영원을 살았어라

믿음은 나날이 커져만 가고
하고 싶은 말들
산처럼 쌓여 잎 가를 맴돌다
나뭇가지 손끝에라도
가닿으면 그대 느낄 수 있으려나

잎새는 그들만의 언어로 반가움을 노래하고
운명은 나만의 문장으로
그대를 향한 그리움만을 쓰다가
그대는 모를 마음 눈망울에 맺혀 흐르면

이루지 못한 사연들 책처럼 쌓여 쓰인다네

다시 만난 날이 아닐지라도
우리 다시 만난 날에는

만월낙화滿月落花

나는 이슬 맺힌 낙화요
그대는 아름다운 만월이라

낙화는 떨어지며 이슬을 내려놓고
살포시 내려앉아 이슬의 강을 건넌다네

달빛이 비치는 이별의 강
낙화유수落花流水의
꽃잎들이 흐르고

만월을 향한 그리움의 꽃잎들이
꽃 피우듯 사랑의 군무群舞를
이룰 때에
아름답게 피어나는
꽃 한송이 해어지화解語之花

만월 빛이 나비가 되어 날아들면
화간접무花間蝶舞의
아름다운 작별 인사라

〉

월화의 나비는
이별을 노래하고
낙화의 꽃잎들은 헤어짐을
화답하네

그대와 마음을 나누던 연서
마지막 꽃잎의 기억들이 흩날리는

사랑으로 꽃피운 이별의 강에서
아름다운 만월 낙화의 밤에

진여불변 眞如不變

막막한 눈빛으로 사막 어딘가를 걷는다
삭막했던 세상 위를 그렇게 걷는다

살아있던 기억들은 뇌리에
강하게 박혀 되새김질을 하고
인생살이가 황폐하고
쓸쓸했던 사막 위에서는
기억과 기억과 기억들이 더해진
기억의 의자가 되어서
이제는 내게 그만 쉬어라고 한다

'나'라는 사막... '나'라는 인생
'나'라는 삭막했던 인생
기억의 의자에 앉았을 때
보여지는 내 삶의 환영들이라는 것은
손에 잡힐 듯 잡힌 듯 그래서
놓아버리면 떠나가 버리고
바람이라도 불어올 때면
날아가 버리는 그런 신기루 같은

인생의 모래들이 아니었을까?

아직도 사막에서의 나는
시간의 능선 위에 앉아 있다

내 기억들이 사라지면
지금의 내 인생도 곧 사라지겠지만
그래도 나는 존재할 것이다
그리고 언젠가 다시 만들어지는
신기루의 모래들 속에서도 어쩌면
나는 그렇게 또다시 존재할 것이다
사막이라는 그 이름으로 말이다

별꽃 바다

별들이 솟아오른 아름다운 밤하늘에 물레의 자리
들려오는 물레 소리로 자아낸 별들을
별 꽃바구니에 담아 흩뿌리면 세상은 온통 별꽃 바다
라네

꼬리별이 꽃비처럼 뿌려지고 나면
무지개다리를 건너 꽃별이 반짝인다

꽃별들로 그려진 별꽃 바다는
영혼들의 여행지, 영혼들의 쉼터

아름다운 영혼들이 물레의 별자리를 여행하며
온 세상에 별빛 꽃을 뿌리는구나

밤하늘 보랏빛으로 물든 물레에 꽃잎들이 닿은
꽃보라 물레는 꽃 경치를 이루고

물레의 향기는 수많은 꽃들을 통해 날리는데
별꽃 바다 내음도 꽃보라에 실려 함께 날린다네

보랏빛 물레가 있는 별꽃 바다에서
아름다운 영혼들의 쉼터 별꽃 바다에서
영원토록 여행만 하고 싶어라

삼신三身의 유화遊化

아름다운 사찰의 풍경風磬이 내는

앳된 동자童子의 풍경諷經은

내가 그린 풍경風景 속의

한 장면이 되며 그림 속의 부처는

동자童子의 눈에 비친다

그 중심中心에서는

부처가 동심童心을 일으키는데

보살피는 승려들의 중심衆心도

동심同心하니

승려들의 유화遊化에는

사실 동자의

천진天眞이 들어있는 것이다

모두 동심同心하고

있음을 잊지 않는다면

화합化合의 참뜻까지도 깨달을 것이다

동자童子의 가르침에는

사리事理가 있으니

부처와 동심同心하며

모든 것은 동자童子의 중심中心이니

동자童子의 가르침이라는 것은
결국, 부처의 천진天眞 아니겠습니까?
승려들의 유화遊化가
나의 유화油畫도 될 수 있는 것 또한
모두 동심同心하고 있다는 것이며
내가 그린 풍경風景 역시
동자童子가 바라보며 그린

부처들의 유화油畫일 것입니다
이 그림은 삼신三身의
유화遊化입니다

악몽의 발레리나

나는 꿈을 꾼다
악몽이라는 꿈을
나의 악몽 속에는
아름다운 얼음 연못
내뱉는 숨소리마저
얼어붙는 얼음 연못에는
칠흑 같은 어둠 속의 관객들과
춤을 추는 발레리나
살을 에는 어둠 속을 파고드는
얼음 연주 소리
온기라는 게 있는 걸까?
차가운 얼음 속
넋이 나간 관객들은
움직이지 않는다
살아있는 걸까
살아있었던 걸까
살고 싶은 것일까
멈출 수 없는 그들의
얼음 연못에는

발레리나를 따라 움직이는
얼음 속의 수많은 눈동자들
발레리나의 발끝
지휘를 향해 움직이며
얼음의 연주를 하고
발레리나가 내딛는
시린 발끝에 남은
마지막 온기를 향한
그들의 처절한 몸부림은
아름다운 즉흥 환상곡

나의 악몽 속에서는
오늘도 춤을 추고 있는
악몽의 발레리나가 있다

앵두 꽃천

오밤중에 탈을 쓴 샌님 타령 웬 말인가 마는
탈춤놀이 얼른 하자 혼구녕에는
부끄러운 앵두 꽃천 피어나고

비틀비틀 한량 길에 앵두꽃을 따니
꽃길일 세 그려

수줍은 앵두나무 꽃가지를 냉큼 들고서는
앵돌아진 쳇바퀴를 밤새도록 돌려보세

비천통飛天通에 꽂힌
앵두가지의 꽃잎들은

하룻밤 술잔 위에서
내 님과의 사랑으로 나풀거리고

술통 속 나뭇여인 부끄러운 듯
어쩔 줄을 몰라요 몰라
속저고리 술에 젖듯 고개를 저어가면은

〉
앵두주(앵두酒)를 들이켠
사랑방의 앵두 목필(앵두木筆)

붉어지는 주사酒邪에
입 맞추며 사랑을 그린다네

볼그대대한 샌님 얼굴
사랑으로 화가畵家 나서는
얼른 하자 둘만의 강강술래 인형놀음

돌려라 돌려라 술래를 돌려라
숨었다 숨었다 앵두목필 꼭두는
속곳 속에 숨었다네!

사랑방까지 부끄럼을 타는 달 밝은 밤에
우리 샌님 덜미를 넘겨짚으니
꽃길을 타고 연지곤지일세!!

바다 인형

사람을 잃는다는 것
사랑도 스쳐 가버린다는 것
그리고 혼자...
내게는 익숙한 일이다
언제부터 그런 것일지는 몰라도
살아 숨 쉬는 것처럼
당연한 삶이 되었다

태엽을 돌리면 잃어버린
웃음을 뒤로한 채
당연한 듯 춤을 추는 인형처럼
나는 그렇게 지금의
내가 되었다
생뚱맞은 이야기처럼
들릴지도 모르지만
바다가 좋다
저 드넓은 바다가 좋다
수평선 너머로 해가
떠오르는 모습 속에서

마치 살아 숨 쉬는 아름다운
선율이 흘러나오는 것만 같다
그 선율에 맞춰 춤을 추는
인형처럼
어쩌면 나는 그렇게
지금의 내가 되었다

고독

인생이라는 행로는 끝을 향해가고
내디뎠던 거리에는 많은 이들의 발자국들뿐
저마다의 이름들로도 지워지고 사라지지만
고독이라는 나의 발자국만은
아직까지도 남아있다네

가느다란 삶이 어느덧 끝에 다다랐을 때
자유에 의한 망각은
고독이라는 족쇄에 붙들리고
아직도 그 자리에
머물러 있기만 한 것 같은
나로 인한 선명한 발자국들
그 이름 고독인가

기억의 파편들은 날아올라
멈춰 선 자리 위에서 멈춰진 시간들로부터
고독을 일깨우고
낯선 듯 익숙해져 버린
그 고독에 멍에가 씌워질 때쯤에는

마음 한구석이 서글프게도 아리어 흐르네
하염없는 눈물들로만 ...

무릇 인생사는 너 나 할 것 없이
모든 이에게 동등하다 하건만
나에게만은 아니 불인 듯한
쓸쓸한 이내 마음은
붉어지는 석양이 끝을 향하는 것처럼
사실 미련이라는 것이 없다마는
잠시나마 붉어지는 외로움만으로도
사슬을 풀어헤치고
자유를 찾을 수 있기를
어느 날에도 어느 날에도
걷고 또다시 걸어 본다
고독이라는 그 발자취 위를

황혼의 나룻배

황혼이 깃든 석양을 바라보며
둔치에 홀로 앉아 있다가 문득
사람들로부터 잊혀지고 누군가 들을
잊어야 한다는 생각에 사로잡힌다

지천명의 힘이란 분명히 존재하는 것 같다
느루토록 살아오다 지천명에 닿으니
가람 길섶에 갈대가 내 마음을
대신하는 것처럼 왜 이리도 쓸쓸한가

가을 하늘이 벗이 되어 공허하고도
텅 빈 마음 일어나니 시나브로
삶의 마지막 장이 다가온다는 것을
새삼스럽게 깨닫는다

서글픔으로 날아가는 처량한 저 새 한 마리
주마등처럼 스쳐 가는 내 인생과도 같고
붉게 물든 강산은 뜨거운 눈시울 속에서
인생의 강을 적시는데도 강가에 서서

삶의 종착지인 나룻배를 그저 바라만 본다
뱃사공도 없이 흘러만 가는 쓸쓸한
저 나룻배는 언젠가는 타게 될지도
모르는 나의 나룻배다

혼령의 밤

어둠이 내려오는 밤이 되면
강 위를 스치듯 우는 등불들
삼도천三途川 뱃사공을 향해 추는
그 신비로운 춤사위들에
나는 그만 넋을 놓고서 바라본다

혼령들의 밤
무명화無明火의 등불들
이유 모를 노랫가락
놓쳐버린 삶 속에서 흘러나오고
홀로서도 여럿이서도
가엾기도 하여라
혼령들의 밤

등화는 두 눈에 스며드는데
흘리 젓는 혼백의 세상
내 마음도 함께 흘리며 운다네

띄워라 띄워라 배를 띄워라

갈 곳 잃은 혼령들 뱃마루에 올라타면
망자들의 염원을 담아
삼도천三途川을 건너가세

설움은 망각이라는 강에 울려 퍼지고
뱃삯은 기억이라
뱃사공이 젓는 노를 따라
기억을 저어가면
마침내는 잊을 수 있으리라

구슬프게도 우는 혼령들이여
뱃머리에서 곤하게도 잠이 들면

삼도천三途川 어디 있었고
뱃사공 어디 있었나

살아생전 잊혀질 때이면
구슬픈 가락들은 멈추고서
삼도천三途川 뱃길을 따라가다가

마지막 눈물길을 따라서

혼령의 불들이여!

그곳으로, 그곳으로 잘들 가시게나

제4부

당신의 하늘 아래

드디어, 한 계단씩

내 삶이 다 하는 날
올라가는 계단마다
흩뿌려진 은하수는
참으로도 아름답구나

끝없이 펼쳐지는
꿈같은 저 꽃밭에서
내려온 씨앗들인가?

곱게 지르 밟으니
꽃씨는 흩날리며
별빛 가득한 수를 놓고
사이사이마다
내가 뛰놀던
어린 시절들이라네

다시 자라는 마음으로
손수건에 흥, 손수건에 흥!
코흘리개가 다 됐네

〉

보고 싶은 우리 엄마와
보고 싶던 우리 아빠를

하나, 둘, 셋, 넷
다섯 살 내 인생에서
볼 때는요

엄마 품속에 숨었다가
아빠 품속으로도 숨었지요

셋, 셋, 둘, 하낫
왼 볼에 뽀뽀!

둘, 둘, 셋, 넷, 다섯
오른 볼에도 뽀뽀!

옛 웃음을 지으며
오르는 계단, 계단마다

흐드러지게도 피어있는

은하수의 시간의 수들을 바라보니

이것이 정녕 꿈이

아니라면

그리움을 머금고 있을

그곳에서

영원토록 다시 살고 싶어라

그리운 엄마

화실에 그려놓은 엄마 얼굴
잊혀진 사람처럼 더 이상 기억나지 않으면
그리운 엄마의 그림들을
울컥하는 표정으로 바라본다

방안 가득한 그림들은
항상 나만을 바라보는 데도
그림 속의 미로를 걷는 기억들은
엄마에게 가는 길조차 잊어버렸구나

기억을 헤집어 애타게 엄마를 찾아도 보지만
이제는 돌아올 수 없는 기억 속의 엄마라네

자식을 걱정하는 부모가 되어
엄마 생각이 많이 날 때면
못다 한 효孝에 울보쟁이가
엄마를 다시 그려본다

사랑했던 엄마

아니, 아직도 사랑하는 그리운 엄마를...

시인의 늪

겹겹이 쌓인 마지막 시詩의 늪에서는
살아 숨 쉬는 모든 것들이 나와 함께 스며든다

숨조차 멎어버린 그 고통 끝에서는
손끝의 감각으로만 에둘러 표현하고
늪이 선사善寫 하는 맹인이 되면
세상 모든 시들은 내게로 온다

뼈만 앙상하게 남은 채로
내 모든 것을 앗아갔지만
아름다운 글귀들은 되려
살이 된 듯 춤을 추네

세상 모든 것들과 늪이 맞닿아
온몸으로 내뱉는 시들이란 이런 것일까?

늪으로 스며든 죽음의 끝에서도
두 눈을 감은 맹인으로 하여금
꿈결 같은 문장들은 시를 쓴다네

〉

평생을 함께한 문장들이여
동지 같은 글귀들이여
겹겹이 쌓인 시인들의 늪에서
나와 함께 마지막 삶을 다하자꾸나

하얀 파도

백발의 노인
하얀 파도가 치는 바다를 바라본다

깊은 눈을 가진 오래된 바다
노인의 눈 속에 깃들어 있고
아득하게만 느껴지던 노래老來라는 이름의 그 바다
하얀 파도처럼 다가와 서글픔의 노래를 함께 부른다

노년에 부르는 바다의 노래
노래老來에 깃든 파도의 울음

세월은 파도 안에 머물러
노래老來의 깊은 눈을 통해 흐르고
너울지는 바다의 노래
마음 한구석에도 파도가 치면
백발의 노인은 하얀 파도처럼 부서져
바다로 돌아가리라

동청 매화

나의 늙 밭에 놓여 있는
겨우 나무에는
그대를 닮은 매화가 피고
기억의 저편에서 날아오는
어여쁜 그대의 고운 손은
붉은 매화의 꽃잎이 되었구나

바람에 흩날리는
그대의 고운 손으로
전해주는 편지라네
차가운 겨우 바람 소리에
하얀 눈이 내리는데도
봄볕 매화 향만 진할 정도로
향긋한 그대의 옛 편지는
흐르는 저 세월 속에서도
애틋함이 묻어나는
그대의 고운 손 내음 때문이었던가

눈 덮인 나뭇가지에

붉은 설중 매화는
비단결에 그려지는데
한 폭의 산수화처럼 그려 넣는
둘만의 편지였었지

청춘은 지나가고
인생의 가녘이 다가오니
눈앞을 아른거린다네

마치 어제였던 그 순간처럼
다시금 젊음이랴
또다시 사랑이랴

날아드는 저 새 한 마리는
매화 나뭇가지에 앉아
아름다운 지저귐을 선사하건만
가없는 이내 마음은
붉은 매화 꽃잎에 닿아도
덧없는 시간 속으로 사라져만 가고

그대를 기다리기만 했었던
하염없는 시간에는
가슴 아픈 사연이란 것이
어찌 그리도 많았던가

청춘은 지나가고
인생의 가녘이 다가온다 한들
다시 한번
마주하고 싶은 그대여
마치 어제였던 그 순간처럼
다시금 젊은이랴
또다시 사랑이랴

여인의 향기

외롭고 가련한 여인이여
삶의 시련 속에서도 향기가 난다

여인의 도도한 입술에서는
붉은 장미가 피어나고
가혹한 인생 끝에서 마시는
여인의 붉은 장미 와인에
피아노 선율은 슬프게도 흐르네

고독은 슬픈 와인에 담겨
취기를 내뱉게 하고
짙은 고독의 향에 취한 여인이
홀로 추는 아름다운 춤

상처들은 관객이 되어
여인을 바라보고
외로운 여인의 눈물들이
붉은 장미 한송이에 맺히면
아름다운 여인의 춤과 함께

입술 가득히 번지는

붉은 장미 속의

어느 여인의 향기

인연

인생이라는 책을 펴 읽다가 보게 된
처음이라는 낯선 단어

멈추어 다시 읽는
짧은 순간 기시감에 사로잡힌다

뜻 모를 감정들은
찰나의 순간에도 일어나고

익숙한 듯 낯선 감정들에 헤매이다
문득 흐르는 눈물들은

내게 의미를 부여하고서는
누구를 향해 흐르는가

아무리 책장을 넘겨보아도
도무지 모를 무연無緣의 글들이

인생이라는 이름으로 다가올 때

비로소 인연이 보인다

태양의 하늘 아래에서

망망대해에는 떠돌이 돛단배
어둠의 끝자락을 항해하는
떠돌이 돛단배
돛이 해어지고 닻은 닳고 닳아
바다를 떠도는 아득한 시간들과
몸도 해어지고 마음도 닳고 닳아
고달픈 나의 인생이여
살며시 일렁이는 파도에도
이름 모를 눈물들은
나의 낡고 낡은 돛단배에
아픔이라는 것이 많음이라

살며시 불어오는 바닷바람만으로도
짙어지는 상처라네
얼마만큼이나 더 가야
태양에 다다를 수 있을까
어둠이 내리는 바다는
달빛마저 거둬들이지만
거친 풍랑을 만나도 두렵지 않은 것은

오, 나의 태양이시여

당신의 하늘 아래에서만

그리움의 향수

그때의 그 시절로 돌아가고 싶다는
간절한 생각이 나이가 들수록
더 지독한 향기를 내뿜는다

때로는
나의 달콤한 향기에 취하다가도
때때로는
그 독한 향기에 다가오기도 어려웠던 것은

나날이 시간이 지날수록
더더욱 마음이 아려오는 것처럼

잃어버린 사람에 대한
그리움 때문이었던가

잠시도 그리웠음이어라
그 시절의 나날들이여

많이도 늦었었음이어라

누군가를 향한 애달픔의 향이여

나 오늘도 작은 돛단배를 고이 접어
이제는 함께 할 수 없는 그대에게

받을 수도 없는 편지를
강물에 띄운다네

오직 당신만이 알 수 있도록
나의 짙은 그리움의
향수와 함께

빛의 향연

천사들이 밤하늘에 수를 놓네

검은색 도화지에
하얀색 물감, 오색실을 사용해
수많은 별을 그려놓고
하나하나 연결을 한다네

아름다운 천사들의 손이여
어쩜 이렇게나 아름다울 수 있을까나?

수많은 천사들이 하늘에 나타나
빛의 향연을 펼치니
마치 비단결의 그림 같구나!!

| 발문 |

『내 마음속의 앨범』을
한장 한장 넘겨보면
따뜻한 희망으로 걸어가고 있는
눈물이 보인다

백 미 늠
(시인)

『내 마음 속의 앨범』을 한장 한장 넘겨보면
따뜻한 희망으로 걸어가고 있는 눈물이 보인다

백미늠 (시인)

누구에게나 삶의 목적은 행복이다.

행복은 주관적이어서 개인마다 행복은 다른 모습이며 행복의 조건도 다르다.

우리가 갈구하는 것은 행복 그 자체가 아니라 행복해지기 위한 그 무언가이다.

누군가는 그 무엇으로 인해 행복을 느끼고 우리는 필요하기 때문에 그곳을 원한다.

그리고 변하지 않는 사랑에 대해 이야기한다.

그것은 살아남기 위한 욕망이고 견디기 위한 관계이다. 그래서 모든 이야기는 러브스토리가 되는 것이다.

우리가 진정 원하는 것은 표면적 행복이 아니라 지속적인 감정이다.

『내 마음 속의 앨범』에 깊이 감추어져 있는 노용학 시인은 어린 시절의 꿈과 행복, 좌절 불화 고통이다.

비단 노용학 뿐만 아니라 인간으로 태어나 성장하면서 성숙으로 가는 우리 모두의 과정일 수도 있겠다.

그러나 섬세하고 여린 감수성의 노용학에게는 세상이 닫혀버린 두려움 속에서 날숨만으로 견딘 시간이었다.

그는 조용하다.

그의 눈망울은 크고 맑다.

그의 음성은 얼마나 청량한지

여름날 굵은 소나기가 지나간 후 처마 밑으로 똑똑 떨어지는 빗방울 같다.

밤하늘 보랏빛으로 물든 물레에 꽃잎들이 닿은

꽃보라 물레는 꽃 경치를 이루고

물레의 향기는 꽃들을 통해 날리는데

별꽃 바다 내음도 꽃보라에 실려 함께 날린다네

– 「별꽃 바다」 중에서

까마득히 잊고 있었던

앨범 저편으로부터

가끔씩 꺼내 보는

사진 속의 옛 추억처럼

이제는 그리움이라는 이름을 대신하여

살며시 웃음 짓게 하는

내 마음 속의 앨범

저편 어딘가로부터

– 「내 마음 속의 앨범」 중에서

나 오늘도 작은 돛단배를 고이 접어

이제는 함께 할 수 없는 그대에게

받을 수 없는 편지를

강물에 띄운다네

오직 당신만이 알 수 있도록

나의 짙은 그리움의

향수와 함께

– 「그리움의 향수」 중에서

석양의 끝자락은 서산으로 넘어가지만

국화 깃 새들 별 한가득 입에 물고 날아와

그대를 안내할 터이니

내 님의 이름만큼은

아주 멀리서도 밝게 빛나리라

–「만 리길」 중에서

 이렇듯 노용학은 자신만의 방에서 별을 보고 달을 보고 장미를 보며 혼자 놀이를 하면서 즐겁고 행복하기도 하다.

그의 시를 보면 집에서 방에서 갇혀 있는 것이 아니라 집에서 방에서 우주로 향해 있는 무한이 느껴지기도 한다. 그는 어른이 되고 싶지 않고 행복했던 어린 시절에 머물고 싶어한다.

엄마만 있으면 되는 세상

그는 엄마가 영원히 자기 곁에 있을 것이라 믿는다.

제목처럼 현실은 캄캄하고 무거우나 동시처럼 읽어지는 이유이다.

나는 노용학을 지난해 겨울 봉화산 정토원 등명스님(고. 선진규 법사 따님)의 소개로 만났다.

"보살님 겨울 햇살이 참 따스해요. 시간 나실 때 한번 들려주세요."

며칠 후 스님 처소에서 나는 연꽃차를 마시며 앉아 있었다.

"어머 예뻐라!"

노용학을 보는 순간 나도 모르게 터져 나온 말이었다. 노용학은 가슴에 안고 있던 시노트를 조심히 건네주었다.

그의 모습처럼 글씨가 동글동글 참 예뻤다.

시의 내용은 눈에 바로 들어오지는 않았지만 무조건 칭찬부터 했다.

그리고 조심히 문을 열고 들어오는 그의 어머니를 보

았다.

　가슴이 적셔왔다.

　아픈 아들을 위해 오랜 세월 몸 고생 마음고생 한 모습을 감추며 밝게 웃고 밝게 말하는 모습이 역력했기 때문이었다.

　'제가 쓴 시가 시라고 할 수 있을까요'

　'이렇게 쓰도 되는 걸까요'

　그는 세상도 사람도 시도 무엇도 아는 바가 없다.

　시를 배운 적도 없고 교과서 외에는 시를 읽은 적도 없다고 했다.

　　　겨울 나뭇가지 위에 봄춘 설화

　　　님을 기다리는 내 마음에서도 피어나고

　　　그대 생각으로 불어 노는 춘풍에는

　　　봄 눈꽃들 곱게도 흩날리네

　　　　　　　　　　　　　－「봄춘 설화」 중에서

　　　순행하는 시간을 따라가며 채워져 가는 함께 와

　　　역행하는 시간이 따라오며

　　　지워져 버리는 남이라는

　　　당신의 그 이름 하나만으로도 그려지는

　　　선택의 희비 쌍곡선

　　　　　　　　　－「희비 쌍곡선의 거울」 중에서

봄날의 눈꽃봉오리들

하얗게 흩날리며

흘러가는 물결

마디마다 내려앉아

아름다운 꽃들을 피웠건만

님을 기다리는 내 마음은

아직도 엄동설한의 겨울 눈이라네

ㅡ「계절 사랑」 중에서

그가 쓴 50여 편의 시는 누구의 시를 흉내 내지 않은 자신만의 목소리로 쓴 신선하고 독특한 주체적인 시라고 할 수 있다.

위의 일부처럼 관념적인 시가 많지만 관념 시가 주는 진지함과 무거움과 깊이가 품격이 느껴지기도 한다.

세상에서 그지없이 부드러운 것이 세상에서 더할 수 없이 단단한 것을 이긴다는 경구처럼 그는 자주 죽음을 생각하고 죽음을 말하면서도 행복한 생의 간절함을 말하고 있다.

동무야 동무야

내 그리로 어서어서 갈 테니

너는 너는 거기 있으라

내 그리로 어서어서 갈 테니

너는 너는 거기 있으라

가서 가서 너를 만나

나와 함께 강에서 살자꾸나

– 「강의 만가」 일부

돌려라 돌려라 술래를 돌려라

숨었다 숨었다 앵두목필 꼭두는

속곳 속에 숨었다네

부끄럼을 타는 달 밝은 밤에

우리 샌님 덜미를 넘겨짚으니

꽃길을 타고 연지곤지 일세

– 「앵두 꽃천」 일부

노용학은 음악을 들으며 무의식 속에서 누군가 말하는 것을 받아적었을 뿐이라고 했다.

강이 하는 말, 꽃이 하는 말, 밤하늘의 별이 하는 말, 파도가 하는 말을 받아적는 사람이 시인이라고 말해주었다.

그의 시는 이렇게 노랫말로 느껴지는 시가 많다. 시적 묘사나 진술 압축보다는 리듬과 멜로디가 느껴지는 이유다. 그는 뒤처진 새처럼 애처롭게 보이기도 하지만 그는 앞서가는 새들을 따라가는 것이 아니라 외롭

고 고독하지만 자기의 길을 받아들이며 담담하게 가고
있다. 그것은 자기 곁에 의지할 수 있는 누군가가 있기
때문에 외롭다고 고독하다고 표현 할 수 있는 것이다.

눈 덮인 광야를 걷는다
내 삶의 발자국을 따라 걷는다
휘몰아치는 눈보라의 설원
무심한 달빛은 흔적조차 감추고

－「광야의 손톱 달」 중에서

망망대해에는 떠돌이 돛단배
어둠의 끝자락을 향해하는
떠돌이 돛단배
돛이 헤어지고 닻은 닳고 닳아
바다를 떠도는 아득한 시간들과

－「태양의 하늘아래에서」 중에서

세월은 파도 안에 머물러
노래의 깊은 눈을 통해 흐르고
너울지는 바다의 노래
마음 한구석에도 파도가 치면

－「하얀 파도」 중에서

계속되는 한파의 겨울이었다. 용학과 일주일에 한 번

씩 만나 자작시를 한 편 한 편 낭독하며 얘기를 나눴
다.

　용학은 본인의 시에서 조사 하나라도 고치기를 싫어
했다. 행이나 연에 한자가 많은 까닭도 그렇다.

　시집을 내자고 설득하는 데도 오랜 시간이 걸렸다.
사람 만나기를 피하고 사람 속에 있는 것을 극도로 불
편해하는 용학을 알고 이해하기 위해 시는 좋은 구실
이 되어 주었다.

　　　아빠도 엄마도 없는 하늘아래

　　　혼자라는 이름표를 달고

　　　아침 점심 저녁 씩씩하게

　　　살아가던 하루 끝에서

　　　물음표와 함께

　　　눈물이 그렁그렁 맺히던

　　　하룻밤, 두 밤, 세 밤 자면

　　　괜찮아질 거야 하며 울던 밤

　　　　　　　　　　　　　　　　－「울던 밤」 일부

　　　슬픈 사별 속 말 없는 눈물들은

　　　떠나가는 빈자리를 아는 까닭에

　　　한 사람의 눈동자에 맺히고

　　　언제나 다시 만나려나

　　　숭고한 기다림 끝에

두 시계가 같아지는 날

나도 함께 따라가리오

용기도 전염된다.

용기 있는 사람이 일어서면 주위 사람들도 힘이 솟게 마련이고 좋은 예감은 그대로 결과로 이어진다. 남이 나를 생각하는 것과 남이 나를 보는 것에 신경을 쓰는 삶의 연속이다.

먼저 나를 중요시하고 나의 자존감을 높여 준 다음 밖으로 향하는 것이 제대로 된 삶이겠으나 지금 절실히 무엇을 원하는 사람에게는 그 절실한 것을 주어야 한다.

배고파하는 사람에게는 음식을 차려 줘야 하고 사랑을 갈구한다면 사랑을 줘야 하고 말할 수도 없는 고통에 엎드린 사람은 없는지 울지도 주위를 살펴봐야 한다.

노용학의 시를 보면 그가 앓고 있는 마음의 병도 보인다. 그러나 그는 희망을 노래하고 있고 그의 시는 밝아지고 있다.

어쩌면 그는 시를 쓰기에 아주 좋은 상태인지도 모른다. 연민이 내 삶을 파괴하지 않을 정도로만 남을 걱정하는 기술이라면 공감은 내 삶을 던져 타인의 고통과 함께 하는 삶의 태도이다.

나는 노용학과 용학 엄마와 함께 밥을 먹고 이야기를 나누면서 내게도 웅크려 있는 같은 아픔과 고통을 보았다.

　'바람이 분다, 살아야겠다!'
　용학! 36년을 헛되게 보내지 않았다는 것을 증명하기 위해 시집을 내고 시인으로 다시 사는 거야.
　오랫동안 걸치고 있는 그 두꺼운 외투를 벗으면 좋은 시인이 될 수 있어.
　『내 마음 속의 앨범』은 그렇게 긴 겨울을 지나고 봄을 맞이했다. 노용학의 어머니에게나 용학 자신에게나 이 시집은 긴 겨울을 지나 봄 햇살에 피어난 노오란 민들레가 되어 줄 것을 믿는다.
　원치 않은 병으로 청년 시절을 보내버린 아들에게 엄마가 묶어주는 애틋한 시집으로, 자신을 위해 희생한 어머니에게 바치는 애잔한 시집으로...